KB133510

그대라는 비밀

가장 은밀한 곳을
가장 환하게 열고 있는
꽃을 보면
비밀이란 얼마나 아름다운지

한 줄기 한 줄기 꽃대를 올리는
뿌리의 내공 속에
그대를 깊이 저장해 두는 일

다시 꽃피는 봄날 있어
마음문 열리듯 꽃문이 열려도
그대는 알지 못하리
꽃이 피는 비밀

그대 흘려보낸 자리에서
그대 피워내는 일

퀼트하는 여자

ⓒ정귀매, 2023

1판 1쇄 인쇄__2023년 03월 20일
1판 1쇄 발행__2023년 03월 30일

지은이__정귀매
펴낸이__양정섭

펴낸곳__예서
　　등록__제2019-000020호

제작·공급__경진출판
　　사업장주소__서울특별시 금천구 시흥대로 57길 17(시흥동), 영광빌딩 203호
　　전화__070-7550-7776　팩스__02-806-7282
　　홈페이지__https://mykyungjin.tistory.com
　　이메일__mykyungjin@daum.net

값　12,000원
ISBN　979-11-91938-47-0　03810

※본사와 저자의 허락 없이는 이 책의 일부 또는 전체의 무단 전재 및 복제, 인터넷 매체 유포를 금합니다.
※잘못된 책은 구입처에서 바꾸어 드립니다.

예서의시 024

퀼트하는 여자

정귀매 시집

예서

차례

그대라는 비밀

제1부

제2부

제3부

제4부

제5부

제1부

노랑어리연

가벼워져야 한다
나의 무대는 물결이 이는 호수 위
한 발이 빠지기 전 다른 한 발을 들어 올려야 하는
순간순간이 절체절명인 한 판의 춤
누구의 마음에도 발을 디딜 수 없다
세포 하나하나에도 날개를 달아라 나의 심장이여
머리카락 한 올 속눈썹 사이에도 바람을 부풀려
춤을 추어라 더 높이 뛰어올라라

어떤 운명은 바람에 잠시 흔들려도
온몸을 적시게 되지

수면을 팅겨 나가는 새의 깃털을
몸을 담가도 젖지 않는 하늘의 그림자를
나의 손이여 발이여 뼛속 깊이 저장해다오
저 바람의 리듬을
하여, 고개 숙여도 마음은 빠지지 않게
더 넓게 잎을 펼쳐라 풍랑이 이는 수면 위
물결과 함께 물결이 될 수 있도록
한 발 더 높이 한 박자 더 빠르게

해란초

왜

내 그리움은 바다 그 너머에만 있습니까

당신은 바다 너머에 계시지 않는데

나는 오늘도 모래 담을 넘고 있습니다

바람만 불어도 무너지는 이 경계에서 기다려도 될까요

모래바람에 얼굴을 맞으며

키를 낮추어 꽃을 피우는 일

당신에게 등을 돌리고

당신을 기다리는 일

내가 자꾸 바다로 걸어가는 일

나를 보러 한 번 오세요

당신이라는 사막에서

한 발을 옮기는 데 꼭 일 년이 걸렸네요

파도라도 넘쳐 오면

이 걸음도 처음부터 다시 시작해야 합니다

당신을 단념하는 일

새우란

그런 날 있었나
생이 비구름에도 젖지 않고
바람에도 흔들리지 않아
그림자까지 환하게 눈부신 날

억세게 운수 좋은 그런 날 있어
순간 먹구름 사라지고
온몸을 열어주던 그대 만났을 때처럼

그렇게 한 번은 황홀해야지
꽃이 꽃에게 위로받고
찬란이 찬란하고 손을 잡아
향기가 향기로만 전해지던
숲에서
지천 군락을 이루던 꽃잔치 꽃 천지
한 번은 뜨거워야지
그림자 떨군 자리에 지는 몸을 누일지라도
춤춰야지 노래해야지
그대 손 잡아야지
온몸으로 안아야지

흰얼레지

눈부셔라 그대 곁에 있으면
천천히 걸어온 사월의 햇살도
살굿빛 살결마다 홍조가 돌고
터질 듯 탱탱한 바람의 유두 끝에선
금방이라도 젖줄이 솟을 것 같아

지금 이렇게 가슴이 뛰는 건
그대 곁에서 그대를 볼 수 있다는 하나의 이유

고대 희랍인들이 햇살 따라 하늘길을 내려오고
신록의 가지마다 플라밍고 기타와 하프 소리 걸리네
산새의 휘파람마저
그대가 길어 올린 봄옷을 입고 숲을 깨우는데

출렁거리네 바람 한 올에도 내 몸 부풀어
누구에게도 열어 본 적 없는 마음의 과녁도
봄날의 최전방 무장 해제된 병사처럼 전의를 잃네
납작 엎드려 내장까지 백기를 들어도
항복이 행복보다 즐거워라
그대 흰눈 흰눈웃음 흰숨결의 봄날

속살까지 꽃문 열고 들어가는
이 온전한 우주

오동꽃

푸성귀를 두고 아침상에 마주 앉았습니다
오동꽃이 한참이고요
산비둘기 몇 마리 놀다 갔는지
꽃 멍석 위로 새의 깃털 구르는 것을 보시며
당신은 아침밥을 벌써 찬물에 마셨습니다
오동꽃 향기가 밥그릇에 퍼질 때마다
숟가락을 퍼 올리시며
봄이 지나는 걸 당신도 보시네요
밥알 몇 덩이를 겨우 한 술로 떠 드시는 어머니
마루까지 뻗쳐 있던 그늘이
나무 밑으로 바짝바짝 키를 줄이고요
그 그늘 아래 세워둔 오토바이로
새참을 나르던 막내가
화물 트럭에 치여 모판 위로 부서진 지도
벌써 다섯 해잖아요
그 애도 자랐으면 스물둘
저 가지처럼 실한 어깨를 가졌겠지요
이제는 그 그늘 좀 그만 쳐다보세요
열무 이파리라도 밥 위에 올려 드서야지요
자식 앞세운 게 무슨 그리 큰 죄라고

아직 장에도 못 나가시는 어머니
장롱도 관도 만들어주지 못했다고
어머니가 주먹질해댄 둥치가
어머니보다 키를 높여 가지를 뻗었잖아요
매해 소란스럽게 향기를 울리고
꽃을 끌어다 피우잖아요
어머니 주먹질도 받아주고
혼자 드시는 아침 밥상까지 그늘도 뻗어주고
꽃 진 자리엔 벌써 씨앗도 맺은 거
보이시지요? 네?

조팝나무 꽃

저렇듯 가벼운 것도 떨어지나

갈래머리마다 흰 공단을 두르고
비누 거품을 불며 터뜨리며
언덕을 오르던 열두 살 적 내 단짝이
그 그늘 아래에서 만신창이가 되어

허연 잇몸 드러내고 울다가
웃다가
달빛마다 백팔 개씩 발광하는 빛
그대로 백팔 개의 달이 되어 버린

언덕이 머리에 흰 띠를 두르고
봄 한 철을 울고 불고 있다

너도바람꽃

너도바람 아주 작은 꽃을 만났다
계곡에는 얼음이 허옇게 엉덩이를 깔고 앉아
기지개도 켜지 않던 차고 깊은 이월의 산중

올케는 얼마 전 나흘을 벼르다 아이를 낳았다
자궁문을 뚫고 나오느라 머리는 고깔 모양이 되었고
너무 오래 숨을 참은 탓인지
아이는 폐렴에 걸려 사지를 오갔다
보름을 인큐베이터 안에서 호흡을 의지했는데

바람 부는 산에서 꽃이
고개도 들지 못하고 숨을 고르는 듯 보여
인공호흡이라도 해주고 싶은 마음 간절했다
만질 수도 입김을 불 수도 차마 쳐다볼 수도 없는
꽃받침과 꽃잎과 꽃의 가는 목이

조카는 이제 젖을 아주 힘차게 빤다고 한다
요즘 세상에 저리 힘든 걸 다 견디고 나왔으니
참을성 하나는 좋을 거라고 식구들이 모여 크게 웃었다

국화꽃

내 아래 네가 있다고 가끔 고개 들지
내가 뻗쳐 올리기 전
내 위에 네가 있다고 손 내밀지

혀 내밀지
손바닥에 박혀 있는 무수한 혀
거기 우리 구부리고 살지

봄나들이 한 번 하라고

한 생을 말하는 손이 있다지
한 생을 말하는 혀는 없겠니

저물녘 견디려면
얘, 너도 이리 와.

닻꽃

한 여자가 산에 들었다
여자의 등에 업힌 아이가 먼저 어두워졌다
엄마 우리는 바다로 가야 해요
항해는 끝났단다 애야
하늘을 날 때까지 여기에서 쉬자
해발 1500고지에 닻을 내린 꽃을 본다
바다가 산이 되고 산이 바다가 된
윤회의 세월
변방에서 변방을 업고
여백에서 여백을 안은 여자가
붉어진다
마음을 몸으로 돌리고
몸을 마음으로 돌려놓은 억겁
바다가 멀다

홍매화

친구에게 전화가 왔다
손과 가슴에 화상을 입었다는 것이다
그럼 밥은? 애들은?
가슴에 화상을 입었다는데 밥이 문제니?
애가 셋에 나이 사십이 넘어 뭔 가슴 타령 손이 급하지
중얼거리는데
병실 창가에 홍매화 두 그루가 예쁘다고
꽃 보려거든 한 번 오라고

친구의 왼쪽 손과 팔의 화상은 깊었다
빨래를 삶다가 펄펄 끓는 들통이 쏟아져 내린 것인데
얼굴에도 크고 작게 물집이 잡혀 있었다
멀쩡한 곳은 가슴밖에 없었다나
그런데 병원 와서 꽃을 보니 가슴이 제일 아프다고
꽃이 저렇게 뜨거운지 처음 알았다고
너무 뜨거워서 가슴에서 자꾸 진물이 흐른다고

홍매화 꽃그늘에 서서 가만히 손을 대 본다
앗 뜨거워, 실은 흠칫 놀랄 만큼 차가웠다
애 셋을 키우느라 손이 너무 차가웠던 거야

이제 붉고 뜨거운 손이 피어날 텐데
그 손으로 빨래만 삶지 말고 친구야
꽃구경 가자
가슴에 피는 꽃 산에 피는 꽃
시절 저 밑바닥에 등 구부리고 피웠던 꽃들 옆으로
우리도 꽃피우러 가자
이제 네 손은 꽃손이잖니

광릉요강꽃

이름만으로도 위태로운 꽃이 있다
사는 곳을 존재한다는 사실조차 숨겨야 하는
1급 보호 식물
너무 아름다운 것이 죄가 되나
꽃 피는 일이 단두대에 서는 일 같아
발견되면 누군가 뿌리까지 파헤쳐
일가가 멸종되는 꽃

마음을 마음에 숨겨두고
존재를 존재 속에 가두어도
어느새 꽃대는 자랐다
주름치마 펼쳐 들고 연지곤지
붉은 입술 다물고
두려움 없이 피어난 꽃

당신이라는 숙명을 향해 고개를 들고 보니
여기가 마지막임을 알겠네
그대만 향해 뻗어 가는 굴애성屈愛性
설령 꽃 피우는 일이 목숨을 놓는 일이라 해도
멈출 수 없는 것이다
꽃이기에

24

복주머니란

뜬소문으로 피고 지는 꽃도 있습니다
바람결에 들려오는 소식 하나를 얻어 먼 산을 찾아가면
누군가 꽃대를 꺾었거나
뿌리까지 파 갔거나
이미 시들어 버린 꽃

귀하다는 그 꽃
볼 욕심은 차마 들지도 않던 어느 해
혹시나 꽃이 머물던 자리
다음 꽃 필 약속이나 다짐받을까 해서
바람 따라 그 산을 찾아가던 해

그대의 순간과 나의 순간이
절묘하게 한 자리에서 만나
몸이 달아 부시게 떨리던 절정

꽃 핀 자리에서 꽃이 지는 일
꽃 진 자리에서 꽃이 피는 일

그 당연하고도 지극한 일이 문득 눈물겨웠지요

금강초롱

어디에 뿌리를 두어야 하나

하늘로 꽃대를 올리지 않고
땅의 중심으로 파고들지 않으려면
깎아지른 절벽
쓸려 내리는 흙을 움켜잡고
피어난 꽃을 보았네
허공도 발을 멈춘 낭떠러지
누운 듯 꽃대를 뻗어
하늘과 그대 발자국 나란히
수평을 유지한 꽃

꽃 핀 자리에서 꽃 걱정을 하는 사람아
마음의 안과 밖이 모두 저렇게 아스라할 때
정작 뿌리를 지탱하는 것은 흙이 아니니

별빛 모아 꽃술에 담고
기도하는 뿌리마다 꽃대를 올려
흩어지는 그대 고개 넘어가는 그대
불 밝히는 꽃 있으니

그대를 향하지 않고
그대의 중심을 파고들지 않는 자리
마중나와 기다리는 꽃 있으니

복사꽃

예천군 지보면 도화리
복사나무 아래
분홍 저고리 연두 치마를 입은 할머니들
복사꽃 떨어지는 꽃잎을
축포로 맞으며
주름살 겹친 곳까지 분을 펴 바르다
흩어진 흰머리를 빗어 올리다
야쿠르트를 빠시며
할머니들
조여지지 않은 밑처럼 저절로 눈물이 새 나와
카스텔라를 뜯어 자시다
환하다
복사꽃
영정 사진을 찍는데
생의 사각 틀 안으로
자꾸만 복사꽃은 날아들고
꼬불 파머리 위에 한 잎
도련 아래에도 한 잎
떨잠이 되다
노리개가 되다

이승에서 보지 못한 부귀영화가

찰나에 모여

마지막 길 노자나 될까

복사꽃

저마다

노루귀

돌아올 곳을 남기지 않는다는 스승*은
큰 스님의 다비식이 있던 날
꽃 산행하기로 약속해 놓은 날
당겨 출가하셨다

봄이지만 춥고 사나운 날들이 계속해서
오늘의 날씨를 채우고
스승과 함께 보기로 했던 꽃
이른 봄 동자승처럼 솜털 보송히 피어나
적막 산속 무심히 제 색을 게우고 있는

스승 떠나고 그 꽃 본다
처음 피어나는 잎이 노루의 귀를 닮았다 해서
노루귀라 했던가

스승의 세속 마지막 시집이 발간되었다
한 장 한 장 넘기는 일이 쉽지 않았다
노루귀 노루귀
꽃잎 지는 시간을 오롯이 견뎌본 적 없다
남은 꽃대궁* 혼자 오래 흔들리는 것을

*식물의 꽃자루가 달리는 줄기.

깽깽이풀꽃

깨갱 깨갱 깽깨개갱
꽹과리 소리 사라진 지 오래전
쓰러져 가는 집을 지키던 어르신들마저 쓰러져 가고
빈집들만 칡넝쿨처럼 무성히 허물어진다
발길마저 끊겨
길인가 숲인가 싶은 곳
꽃샘바람에 목놓아 피어난 꽃

논두렁 밭두렁에 지천으로 피어나
농번기 농부의 마음을 잡고
일손마저 놓게 만들었다는 전설을 안고
그 자태 그 애절함 고스란히 펼치는 꽃

사람이 가고
마을이 자연으로 회귀한 뒤에야 돌아온 꽃
어디에 숨어 있다 왔는지 모르나
꽃이 돌아온 것이 겨운 일인지
폐허가 된 마을이 눈물겨운 일인지
그 꽃 그 꽃잎 그 여릿함이

지상의 꽃이라 믿어지지 않는 영롱함
어떤 뿌리가 있어 이토록 어여쁜 꽃을 피우는가
사람도 꽃처럼 뿌리가 깊었다는 마을
꽃 곁으로 걸음이 순한 사람들이
다시 꽃 마중나오는 꿈을 꾼다
깨갱 깽깨개갱 소리 다시 들릴 듯
깽깽이꽃

금은화

자궁을 들어낸 언니가 미역국을 먹는다
아기가 아닌 아기집을 낳은 언니 옆에서
초경을 치른 언니 딸이 함께 수저를 든다
저렇게 탐스러운 꽃을 피웠으니
아이 따라 아이의 씨방이 빠져나온 것뿐인데
뼛국 뽀얗게 우려낸 미역국을 휘저으며
아직은 아까운데를 중얼거리는 어머니와
딸에게 더 먹으라고 국을 내미는 언니의 푸른 손마디

뒷산에 들었더니
늙은 측백나무를 타고 인동초 줄기가 늘어져 있다
한 줄기에 나란히 흰색과 노란색 꽃이 피어
신기하여 바라보니
흰색으로 피어나 수정을 마치면
스스로 노랗게 꽃잎의 색을 바꾼다고

저녁상에는 다시 어머니와 언니와 언니의 딸이
미역국 한 줄기에서 밥을 먹는다
저문 꽃 아픈 꽃 방금 꽃망울 맺은 꽃
금꽃 은꽃 금은꽃 나란히

꽃다지

한사코 나가자고 하시네
방금도 횡하니 한 바퀴를 돌고 오는 길
봄 지푸라기 묻은 신을 가슴에 안고
또 저렇게 밖을 가리키시네
아직 햇살이 시려요 봄꽃도 멀었고요
어디서 꺾으셨나
소맷자락에는 꽃다지 몇 토막

요양소 담벼락 아래 햇살 받고 앉으셔서
찾아온 자식들 알아보지도 못하시고
꽃다지 낮은 언덕길만 손비질하고 계시나
자식들만 집으로 돌아가는 길
노랗게 그림자 진 눈망울로
몇 송이 어른어른 손을 흔들다
그마저도 흔들려 금방 증발하는 꽃

제2부

바람 소리

아가
엄마는 저 소리가 좋구나

박새 앉았다 날아간 오동나무 가지에
새의 체온이 흩어지는 소리
나무의 섶마다 햇살 누웠다
그대로 그림자 되는 소리
찬거리를 흥정하는 좌판 장사 소리
보채는 아이들을 달래며 어두워지는
이웃들의 문 닫는 소리
그 모든 것을 어우르며 어둠이 내리는 저녁
청국장 냄새가
어스름에 끓어
창밖으로 불빛을 익히는 소리

해와 달의 길을 따라온
어느 슬픈 아침이나 저녁을 귀 기울여 듣고
다시 뱉어내는 저 바람

아가
울음을 그치고 저 소리 들어보렴

첫눈 첫발

이웃 돌잡이 아기가
눈길 위를 걷고 있다

새도 내려오지 않고
바람도 곁을 흘리지 않은
새 아침 새 세상
넘어질 듯 넘어질 듯
중심을 이어가는 아기 발자국
미지의 세계로 찍어 가는
도장 선명하다

나도 저 걸음으로 여기까지 왔을까
뒤돌아보니 너무 많은 걸음
하나의 길도 보이지 않는다

걷던 아기가 문득 멈춰서
엄마를 부른다
아직 돌아오는 법을 모르는 것이다
아기는 알고 있을까
돌아오는 법을 배우면서

길은 지워진다는 것을

아기 발자국 위로
어른들 발자국이 덮이고
아이의 새 세상은
금세 사방으로 흩어졌다

꽃 살煞

햇살 사이로 지는 꽃잎이 걸어가는 길을 보았다
잠결인 듯 그 꽃잎 지는 길을 따라 걸었다

마음 부리는 쪽으로 나무의 가지가 휘는 법이라고
휜 가지에 등을 걸고 두 손을 모으시던 할머니

한쪽으로 기울기 시작한 가지에서부터 통증은 왔다
무슨 마음을 부렸다고 몸이 먼저 휘어지는가

밤바람 오래 맞고 서서
두 손끝으로 어두운 하늘의 끝을 잡고
아픈 가지에 희미한 등불에 무엇이 그리도 간절하셨나

기도란 몸을 끓이는 일이란다 애야
열에 기대어 앓고 일어난 아침
저마다 기도의 손 모았다가 펼치는 꽃, 가지 아래서
지는 꽃잎이 전하는 듯 할머니의 목소리
마음 부리지 말아라 애야 지는 꽃잎 잡지 말아라

완경

피는 꽃도 지는 꽃도
다 예쁘다고 사월이

시든 꽃도 떨어지는 꽃도
다 괜찮다고 오월이

아픈 꽃도 사라지는 꽃도
모두 뜨거운 거라고 유월이

그 봄 함께 찾아온 완경
열매 맺는 나무들이

마음공부

젖은 나무가 잠시
비그늘을 만들어주다가
한꺼번에 쏟아진다

풀 여치가 더듬이를
오므렸다 벌리는 찰나의 각

짧게 비를 피해 볼 요량으로
나무 아래 숨어들다
더 오래 젖었던 기억

천국과 지옥이
다음 생에 오면 차라리 좋을 것을
당신을 사랑하는 일로 천국이고
당신을 미워하는 일로 지옥이다

나를 사랑하는 일로 지옥이고
나를 미워하는 일로 지옥이다

비 내리는 나무 아래서

비를 맞고 있어야 하는지
비를 벗어나 빗속으로 가야 하는지

오늘도 천국과 지옥에서
무엇도 답을 찾지 못하는 마음공부

손맛

등을 웅크리고 앉아
하루종일 날개 끝을 까고 벗기는 늙은 새

양쪽 길이가 다른 삭은 다리
기우뚱
베란다에서 부엌으로
부엌에서 베란다로

한 달 넘게 쉬지 않고 날개를 찢고 져며
한 해를 준비한다
혹시 날고 싶을까
숨죽이는 일도 잊지 않는다

마침내 남은 날개를 채 썰어
버무린 김장은
엄마의 살을 발효시켜 맛을 낸다

불 켜진 나의 집

집 밖에서 집을 본다
몸 밖에서 몸을 보는 듯한 낯섦

누가 나 없는 내 몸에 들어가 불을 켠 것인가
어둠 속에 집 혼자 박아두고
나는 어디에 있는 것인가

어두울수록 더 무겁게 존재하는 불 켜진 집 나의 집
나를 기다리는 저 빛의 정체는 진정 따뜻한 것인가

집 밖에서 집을 본다
혼 밖에서 혼을 보는 듯한 서늘함

나 돌아오긴 한 것일까
저 빛 속으로 들어갈 수 있을까

한파주의보가 일주일째라는 한겨울밤
아파트 입구에 서서
오래 바라본다 불 켜진 집 나의 집

바위산

눈이 순한 사람이 있다
마음의 빗장을 오래 걸어두면
서서히 몸이 굳어 가는 법
세상사는 소낙비 되어 내리지만
내부에서 이룬 공명은
계곡의 물소리를 득음케 했다
귀를 열면 바람이 찾아들고
몸을 내주면 물이 들어온다
천만 년 동안 물과 바람의 윤회를 지켜본 사람

이끼가 오면 살갗을 벗겨주고
바위솔 구절초 돌단풍
골절된 마디마다 떠도는 씨앗을 품어
꽃을 피우는 사람
순한 눈을 끔벅이며
굳은 몸을 흘려보내는 오래된 사람이 있다
그의 눈물로 목을 채우는 산길
갈증과 울음이 한꺼번에 해갈된다
그의 등에 올라선다
그가 내준 길을 다시 걷는다

발자국 하나 남기지 않고

오늘도 달립니다 끝도 없는 사막 나무들은 이미 오래전 이 땅을 건너갔습니다 시든 풀포기는 땅속으로 심장을 내리고 뿌리로만 걸어갑니다 삼릉석이 튀어 오르고 버섯 바위가 목을 부러뜨리며 길을 비켜줍니다 견딜 수 없을 것 같은 밤이 몰려옵니다 더 달려야 할지 돌아가야 할지 욕망과 멈춤 사이에서 나를 기울게 하는 힘은 언제나 확신이 없다는 것입니다 하늘에는 너무나 많은 별 어느 것이 진짜인지 알 수 없고 바람은 늘 자기가 온 곳으로 가지 않습니다

내가 따라갈 발자국이 하나라도 있었더라면

꽃의 길을 따라 왔으나 꽃은 길을 만들지 않았고 물의 길을 흉내 냈으나 나는 더 이상 낮아지지 않았습니다 산을 오르기도 내리기도 신발을 갈아 신기도 했지만 가슴은 차가워지지 않습니다 모래 먼지가 운명처럼 나를 지운다는 것은 얼마나 큰 신의 축복입니까 이 사막에서는 아무리 달려도 길이 만들어지지 않습니다 발자국 하나 남기지 않고도 생이 또 이렇게 뜨겁군요

풀싸움

풀을 뽑는다
뽑힌 자리에서 다시 일어서는 풀을
돌아서서 또 뽑는다
어차피 이 전쟁에서
나는 이길 수 없다
단지 풀과 내가 치열하게 손끝에서 만날 때

내가 당신을 사랑하는 방식
이길 수 없는 싸움을 걸어보는 것

모기

숲에 들어갈 때마다 모기 밥이 되어 나온다
매번 빈손으로 남의 집을 방문하나 싶어
좋아하는 것을 말해 봐
물었더니
당신
숨 쉬고 사랑하고 땀 냄새를 피우는
당신의 피 한 방울

고맙다
내가 살아있구나

길 위에 서 있는 그대에게

방금 당신 이마에 닿은 햇살은
광년의 세월을 걸어왔다네

머리카락을 스친 바람은
얼마나 더 먼 길을 떠나려는지

꽃들은 제자리에서 피고 지지만
한순간도 같은 얼굴이 없고

봇짐도 없이 흐르는 강물은
자기 사연을 두고 가는 법이 없지

길을 멈추어 놓고 서 있는 그대
낮게 깔린 돌들의 노래가
당신 발자욱을 지우고 가리니
새겨 넣은 마음 구름이 걷어 가리니

온 적이 없는 듯
머문 적이 없는 듯
사랑한 적이 없는 듯

흐르시게
길처럼 길이 되어

언니*의 꽃밭

맨드라미 꽃잎처럼
구불구불 춤을 추는 여자

꽃밭 속에서 뭇새들의
샘을 길어주는 여자

새들이 쪼으다 간 해당화는
구름 너머 노을을 데려오고

양귀비 꽃밭을 뒹구는
길냥이들에게 꽃물을 들여 주는 여자

사계절 꽃이 피지만 귀한 꽃이 따로 없고
사계절 꽃이 지지만 귀하지 않은 꽃도 없어서

슬픔을 끌고 가면 슬픔을 꽃피워 놓고
기쁨을 끌고 가면 기쁨 넝쿨을 키워내는

내가 쉬다가 놀다가 울다가
꽃이 되어도 이상할 것 없는

언니의 꽃밭

지친 두 발이 항상 가고 싶은 곳

*단양으로 귀촌하여 10년째 꽃과 나무를 가꾸며 사는 윤순영 시인. 현재는 사라
져가는 옛 정취가 안타까워 영춘면 별방리의 〈춘방다방〉을 운영하며 마을 어
르신들의 쉴 곳을 마련해주고 있다.

양치질을 해

화가 나거나 불안 분노가 차오를 때
나는 양치질을 하지

입속이 개운해질 때
하고 싶은 말들은
양치 거품과 함께 뱉어지지

눈에 담은 걱정과
귀에 담긴 서운함은 왜
입안의 찌꺼기로 머무는지
뱉어내고 싶어지는지

입속 가득 와글거리는 말
그이에게 가 그 마음 메슥거릴까
나는 양치질을 해
삼킬 수도 없어
오늘도 세 번 네 번 다섯 번

이제 그이를 만나도
악취의 말 뱉지 않으리

차마 향기로운 말 전할 수 없어도

이렇게 하루 이틀

사흘 나흘

초승달

노을 위를 걷다가
신을 잃어버렸다

노을은 부드럽고 폭신한
스펀지케이크 같아

달콤달콤 걷다가
딱 한 번 상큼하게 뛰어올랐는데
신발은 왼쪽 무릎까지
가지고 사라졌다

멈추어 보니 노을은 녹아내리고
작은 샛별 하나
내 옆에서 빛났다

꽃사태

뒷산 가을 언덕에 사태가 났다
쑥부쟁이 무리가 서서히 흐르더니
낮은 담장을 덮고 뒷마당까지 쏟아져 넘쳤다

큰일이다
마음은 이미 무너졌고
몸 무너지는 일도 순식간이겠다

백로白露 무렵

눈물을 물고 있으면 상처도 꽃이 되지
물봉선 꽃부리가 젖어 있다
제기를 꺼내 말리며
햇밤을 삶고 햅쌀로 밥을 지은 아침
한 송이만 따려는데 넝쿨째
여민 단추를 풀고 땅에서 뜯겨진다
저리 순하게 따라오는 뿌리 뜯긴 기억
가을꽃들은 낮은 곳으로 핀다
여러 번 털고 일어선 적 있다는 듯
가득 물고 있던 이슬을 뱉어내며
물봉선 꽃 무더기가 재잘하게 웃는다
그래, 울음도 꽃이 되지
아침 햇살이 긴 다리로 도랑을 걷다 숲으로 들어간다
무릎걸음으로 고마리꽃을 피우며 가을
딴청
오소소 팔뚝에도 금세 이슬이 돋는다

국화차를 마시며

마음 밖에서 흩어졌던 마음들이 돌아옵니다
마중 나갈 등불도 없는 혹한의 세밑
더러는 바람결에 밀려
더러는 신발 바닥에 붙어서
더러는 우편물에 섞여
돌아온 마음은 모두 제각각입니다
먼 길을 다녀와서 둥글어진 한쪽
무엇에 치였는지 심장이 패인 한쪽
금가고 부서진 마음 한쪽도
스스로를 봉합하고 온 마음도
꽃을 든 마음도 있습니다
하나하나 펼쳐 식탁에 앉혀줍니다
새로 덖은 국화차 한 잔씩 내어줍니다
따뜻한 차 한 잔 마시니
마음 온도가 얼추 비슷해진 것도 같습니다
너덜너덜하지만 잘 다듬고 갈무리하며 보듬어 봅니다
새 하늘 새 언덕이 펼쳐진다 해도
함께 가야 할 마음입니다

제3부

연애

내가 듣고 싶은 건
꽃들의 언어

흔들림 없는 춤사위
장미를 찾은 벌의 몰입
수국꽃에 앉은 나비의 확신

내가 보고 싶은 건
햇살이 걸어온 무한의 세월
아득한 곳까지 뻗어 간 뿌리의 수맥
가지 끝이 닿은 하늘의 감촉

방금 심장을 통과한
그대의 더운 피
한 방울에 저장된 DNA
뒷덜미의 진실

알 듯 알 수 없는 미소

공룡능선*

그의 등을 어루만지기에 내 손은 너무 차가워
일억만 년 전 탄생한 이 생명을 한 번에 녹이려면
나는 얼마나 뜨거워져야 하는 거지
잠든 남자의 등에서는 오래 묵은 화석 냄새가 난다
그의 등을 안을 수 없어서
가만히 등뼈를 맞대고 누우면
우리는 어떤 지질 시대를 지나 여기까지 함께 온 샴쌍둥이*일까
이 냉혈의 표피를

따개비가 덕지덕지 붙은 몸으로 지구의 반 바퀴를 도는 귀신고래는
새끼를 낳은 몸으로 반년 이상을 굶는다
먹이 없는 따뜻하고 얕은 바다가 새끼를 키우기에 알맞기 때문이다

그의 온몸 모세혈관까지 돌아온 바람의 맥을 듣는다
그가 일어나 다시 헤엄칠 수 있는 물의 온도를 찾을 수만 있다면
지구의 반 바퀴라도 돌고 싶다
반년을 굶을 수도 있을 것인가 과연 사랑이
다시 한번 그의 체온을 듣기 위해 귀를 기울여 본다

등뼈가 등뼈를 갈아내며 조금씩 더 날카로워지는 능선에서
안아줄 팔과 겹칠 다리는 모두 앞으로만 뻗어 있을 뿐
이 완강하고 거대하게 등을 돌린 것의 속수무책이여
그는 여전히 차고 날카롭다

*외설악과 내설악을 가르는 중심 능선으로 영동 지방과 영서 지방을 나누는 분
기점이 되기도 한다. 암석 봉우리들이 마치 공룡의 등같이 생긴 데서 유래, 지형
이 험난하다.
*기형적으로 몸의 일부가 붙어서 태어난 일란성 쌍둥이. 머리와 가슴이 하나이
며, 머리 양쪽에 얼굴이 있는 야누스체(Janus體)와 팔 두 개 머리 두개, 혹은 팔
세 개와 머리 두 개가 있는 이두체(二頭體) 두 가지가 있다.

신록의 집

사람의 마음을 훔치려 한 적 있습니다
마음을 훔치는 일이란
온몸의 세포를 모두 열어두어야 가능해서
꽃 피고 지는 흔한 봄 일에도
살갗이 곤두서 아팠습니다
산벚꽃 수줍게 피어나던 눈망울과
산자락으로 일시에 번지는 새싹
저 뭉글하고 달콤한 체온이
몸의 세포 하나하나를 일으키며 통과해 가던 봄날
뿌리의 끝과 허공의 끝을 물의 맥으로 이으며
어쩌자고 또 산은 뭉텅뭉텅 속살을 폅니다
그 절정의 가지 끝
어미 새가 새끼를 부화하는 동안만 깃들어도 좋을
허공의 집 한 채
살 냄새 나는 둥지 하나 가지고 싶었던 적 있습니다

첫사랑

소나기 지나간 후
하늘은 무지개 걸고 벌써 개였는데

질퍽거리는 진흙땅에서
불어난 냇물을 혼자만 건너지 못했다

바람 숨

바람의 숨소리를 듣다가 잠이 든다
꽃눈이 터지고
암술과 수술은 꽃잎 위에서 탱고를 춘다
나비 날개에서 태어난 아기 바람은
방금 전 비행을 시작했다
먼

먼
그날의 바람은
아직 그대에게 도착하지 않았는가
남은 사랑은 여전히 세차다

익숙한 호흡으로 온몸을 감싸는
바람의 숨
바람의 결

잠이 깬 지는 한참인데
탱고는 멈추지 않는다

11월

저 나뭇잎 다 지고 나면
나뭇잎 위에서 놀던 햇살은 어쩌지
수취인 없는 편지처럼 반송되어
태양으로 다시 돌아가나

짧아지는 가을볕을 두고
떨어지는 잎새는 어쩌나
깊은 땅 거친 암흑을 돌아
다시 나무로 피기까지 수수 천년

봄볕을 두르고 나가
한 해가 저물도록
돌아오지 않는 마음은

커다란 허공을 양날개에 얹고
지는 단풍잎에 발을 올려놓은
때 늦은 나비 한 마리
저 시든 발끝은 또 어쩌지

양 대칭을 접으며 11월이 팔랑

통속을 걷는다

오이디푸스 오이디푸스
어두운 소극장에 울려퍼지는 남녀의 목소리
순종하려 하여도 거부하려 하여도
왜 이리 처참한 것인가 오이디푸스
운명이란

연극을 보고 와서
저녁 찬으로 고기를 저민다
고깃덩이 속 칼의 서걱거림이 느껴지자
도마 위에 피가 흥건하다
죽은 살 속에 이렇게 많은 피가 있었던가
하는 순간
그 피는 내 손가락에서 나온 것임을 알았다

오이디푸스 제 눈을 뽑아버리고도
용서되지 않았던 운명 앞에서
마지막까지 버릴 수 없었던 단 하나
그건 통속적이고 통속적이게도 사랑이었다

당신을 사랑하는 일은 운명인가

당신을 미워하는 일은 운명인가
여러 갈래로 찢겨 피 흘리는 마음은
운명인가

아이는 울고 있고
어항의 금붕어는 먹어도 먹어도 입을 뻐끔거린다

저며도 저며도 얇아지지 않는 미련한 살덩어리
오늘도 이별하지 못하고
걸어가는 통속

지는 꽃, 가는 봄

귓가로 바람 떨어진다
쳐다보면 하늘이 하늘에게 자리를 내어줄 뿐
왜 이별 먼저 하나
사랑해본 기억도 없이
바라보면 가지가 가지에게 잎들을 건네줄 뿐

시간에도 깊이가 있나
바닥을 모르고 가라앉는 오후
꽃 지는 자리마다 멈춘
풍경 하나 추억 하나

산사나무는 숨어서 흰 꽃을 맺고
모과꽃이 분홍인 줄 올해 처음 알았네
유난히 마음을 열었나 이 봄
꽃들 뜨거웠나

봄은 가도 꽃 마중은 가야지
여름 문턱을 넘어온 햇살 밟고
기억에도 없는 사랑이 가네

열어둔 문을 닫고 씨를 키우는 일
살구 열매 하루하루 커 간다고
전하지 마라 바람
꽃잎 질 때마다 멈출 수야 없지 않나

늦사랑

가을꽃들
구절초는 한 달 이상
감국은 그보다 길고
동국은 두 달을 넘게
꽃망울을 물고 있다

앙다물고 버티던
가을 지난 사랑
한꺼번에 터져서
서릿바람 맞았다

봄꽃 시장

천 원짜리 비닐 화분에 담겨 팔리는
데이지나 팬지처럼
값싼 희망으로 사방에 뿌려지고 싶다
그 화분 하나 사서 창가에 두고
누군가 전하는 푸른 목숨을 듣고 싶다

사월이 오면

꽃이 핀다는 사실로도 살갗이 쓰라려 강으로 간다
꽃 무더기
괴인 돌처럼 한 송이만 따면
우르르 한꺼번에 무너져 내릴 듯한
저 초절정의 시간
간신히 마음을 마음으로 지탱하고 있다가
지는 꽃잎이 마음 아래쪽을 치고 가면
돌탑 무너져 내리듯
무너져 내린 마음을 강물에 몽땅 쏟아내고
마음이 흐르는 강 따라
물 따라 간다
흘러내리는 꽃잎과
흘러내리는 꽃잎의 그림자와
흘러내리는 여자의 마음을
다 받아주는 강물 따라
귀빠진 날이 오면
꽃이 진다는 사실로도 위로가 되는 강
간다

그리움

하늘가로 비구름 온다
젖은 마음 하나
구름으로 간다
곧 불어올 폭우의 한 자락을
그대에게 부어야 하나
나에게 쏟아내야 하나

가을 얼굴

눈부시게 아름다운 미소
나 그 미소에 사랑을 폭 빠뜨리고
건지려 하지 않아
벌써 익사했을지도 모를 그것을
사랑이라 믿네 살아있을 거라고

열대어 새끼들이 집단으로 폐사했는데
원인은 알 수 없어
달력 속에서
옛 남자의 얼굴은 가볍게 뜯어지고
환하게 그의 얼굴이 드러났다는 것뿐
하루는 똑같이 이십사 시간
어제와 오늘의 최고 기온과 최저 기온은 한 끗 차이

하루에 딱 한 번 태양의 줄을 넘을 뿐인데
나무들은 지쳐
너 나 없이 맨손을 뻗으려 장갑을 벗네
아주 천천히 그러나 한순간에

미소에도 눈물이 있나 봐

사납게 떨구는 낙엽의 첫 얼굴

그 얼굴 위에 발을 비비네 걸음마다 입맞춤

여기는 키스 토피아

바람 불수록 뜨겁다네

아직 익사하지 않은 내 사랑

마음을 찾습니다

어느 가방 속에 들어 있나

그날 들고 나갔던 마음

아무리 찾아도 없다

이제 와서 잘잘못을 따지는 당신에게

나 그날의 마음 잃어버렸다고

소용이 없네

단서라고는 그 가방 안에

그날 세수하고 새 옷 입고 함께 나간 마음 안에 있을 텐데

살구색 립스틱 물티슈

지하철에서 재생한 음악 목록까지 다 남아 있는데

오해를 풀 수도 변명을 할 수도 없네

마음을 저장해 두는 창고는 어디에 두었나

서류철 뒤지듯 뒤지면 찾을 수 있으려나

님아

잃어버린 그날의 마음을

단정 지어놓고 이렇게 펼치는가

나 어쩌란 말인가

창가의 선인장

지난 여름
무엇이 두려워 가시를 세웠나

나비의 가벼운 날갯짓에도 장다리꽃
마음의 안과 밖을 다 내주며 설레고 있는데
꽃대 휘도록 기꺼이
나비를 받아 안는데

바람 불어도 비가 와도
창문 열리지 않는 창가
선
인
장

이별 속

들어가니 순간
시원한 바람이 불었다
흔들리던 나무는 흔들렸고
흐르던 강물은 흘렀다

슬픔 같은 건 없었다
부서지는 햇살을 발로 차며
후련함 뒤에 찾아오는 비현실감

빌딩 숲은 눈앞에서 떠오르고
발을 딛으려 하면
땅이 사라졌다

그뿐, 그뿐, 가뿐한
며칠이 지나고
비로소 내가 있는 곳을 알게 되었다

그대 없는 진공 속
슬픔이라도
눈물이라도

와 주길 곁에 있어 주길

아직도 꿈을 꾸면
그대 보이지 않고
나는 방향도 없는 곳으로 손을 뻗는다

밤의 편지

쓴다
하늘은 별들의 언어를
나무는 땅속 깊이를
구름은 바람의 문장을

밝은 곳에 있을 땐 읽지 못했다

어둠에도 높낮이와 깊고 옅음이 있어
비로소 밤이 뱉어 놓은 어둠의 일기를 읽게 되었다

꽃들도 하루를 누여 놓고
바라보는 복기의 시간

쓴다
어둠의 허공에
누구에게도 보낸 적 없는 편지

당신이 지금 나보다 더 어두운 곳에 있다면
읽을 수 있을까

동짓날 밤

이미 오래전 놓아버린 사랑
놓쳐버린 열쇠
찾아야 할 그 무엇도
도착할 어떤 소식도 없는
별들이 길고 긴 밤
습관이 된 기다림만
문밖을 서성인다
세상에서 가장 어려운 일은
내가 나를 지우는 것
긴 어둠을 지나고 나서야
어둠을 벗는 법을 배웠다
사랑을 지우고 나서야
사랑의 무게를 가늠하듯
내일부터는 밤도 조금씩
스스로를 지운다고 한다

제4부

치마

– 퀼트*하는 여자

양단 같은 노을
풀어진 머리카락 사이로 은사가 자라네
흰머리를 뽑아 울타리를 꿰매는 여자

시접과 시접이 만나는 곳에는 강이 흐르네
강줄기마다 골이 깊고
골 밖으로는 한 번도 발을 디뎌 본 적 없는 여자

열두 폭
문신 같은 날들을 빼곡히 수놓아 놓고도
풀어진 한 올을 찾지 못해 울타리를 완성하지 못하는 여자

은사는 점점 무성해지고
이제는 제 살갗을 기워 꽃을 피우는 여자

*퀼트(Quilt): 겉감과 안감 사이에 솜이나 모사 등을 넣고 바느질하여 누비는 수
공예. 원단을 잘라 패치워크하거나 아플리케하는 기법으로 가방, 이불, 쿠션, 인
형, 벽걸이, 매트, 의류 등 다양한 곳에 활용되는 바느질이다.

바느질하는 시간

- 퀼트하는 여자

비 내리고 비 그치고
바람 일어나고
밤과 낮이 흘러가는 여러 날
바늘에 실을 꿰며
나는 생각을 잊었다

실꽃 한 송이 피워놓고
줄기와 잎을 엮어줄 때
빈방에 빈바람 불 듯
잡념은 지워진 줄 모르고 지워졌다

태교로 시작한 바느질은
아이처럼 자랐다
엉키고 삐뚤어지던 시간과
길을 잃던 바늘땀도
자리를 찾은 세월

빈방을 두었기에
나도 자랐다
상념의 색이 선명해지곤 했다

마지막 매듭을 짓고
이 방을 나서면
오늘은 어떤 손님
서툰 시 한 줄 오시려나

인형

−퀼트하는 여자

종일 삯바느질로 다리 절며 오는 어머니
가는 길 오는 길 당신의 길을 엮어
내 머리카락을 만들어주시네

딸아 모든 길이 네 머리 위에 있다
다 다져 놓았으니 넘어지지 않을 게다

머리가 무거워요 어머니
당신의 걸음이 너무 깊이 박혀 있어요

딸아 모든 길이 네 머리 위에 있다
다 묶어 놓았으니 흩어지지 않을 게다

두 발을 허공에 들고
머리가 먼저 길을 더듬어요

물구나무선 채로 가도 되나요? 어머니

쿠션
-퀼트하는 여자

빛을 잘라요* 거리를 자르고 십자가를 잘라요 소녀의 심장을 자르고 소년의 머리를 잘라요

저녁이 오네요 저녁을 잘라요 날이 흐려요 어둠을 잘라요 미소를 잘라요 미소에 화답하는 여자의 비음을 잘라요 침대를 흔들던 사랑을 잘라요 열한 시가 되면 어김없이 집으로 돌아가는 그이 구두를 잘라요 문이 닫혀요 문을 잘라요 초인종이 울려요 풀어놓은 넥타이를 찾으러 그가 다시 와요 그의 넥타이를 잘라요 양복 상의를 자르고 하의를 자르고 눈을 자르고 코를 자르고 뒷모습을 자르고 그가 남긴 체온을 잘라요

여자는 잘라 놓은 세상을 밤새 이어 붙여요 너덜너덜한 시접은 안으로 접어 넣어요 상처마다 새로운 무늬가 피어나지요 하루를 또 새것처럼 꿰매 놓아요 하루는 늘 새 쿠션처럼 안락하지요 쿠션에 기대 누운 그의 싱싱한 몸을 잘라요

*원단을 색깔과 무늬별로 자르고, 잘라놓은 조각천을 다시 패치워크 기법으로 이어 붙이는 퀼트의 기초 과정.

골무

-퀼트하는 여자

더는 나를 방패막이 삼지 마세요

한 땀의 수가 놓일 때마다
한 번씩 몸을 찔리기를 수억 수만
때론 바늘을 부러뜨리기도 휘어지게도 하면서
당신 손가락을 지켰지만
나에겐 상처가 없어요

나에겐 상처가 없을까요
굳은살이 박이도록 당신 손가락에 끼워져
천과 천을 누비고
단추와 지퍼를 달면서도
내 몸을 찌른 무수한 상처를
치료해본 적 없어요

단 한 번도 살펴본 적 없어요
나에게도 상처가 있다는 것을
숙명이라 누구도 찔러본 일이 없는데
내 몸에는 이렇게 많은 바늘 자국
흔적인 줄만 알았는데

흔적들로 어느새 나는 너덜거립니다

이제는 당신을 지킬 수 없습니다
당신의 체온을
나의 체온으로 알고 살았는데
소의 등 가죽에서 태어나
목화솜처럼 순해지기까지
참으로 많이 누비고 수놓은 세월이었습니다

자 이제 버려주세요

누빔 이불

-퀼트하는 여자

시간은 멈춰 있고 지구는 돌아요
지구를 돌리고도 남을 양의 실로
여자는 이불을 꿰매지요
한 땀 한 땀 광목을 누비며
자전과 공전을 되풀이하는
여자는 이불 속의 지구
밤과 낮을 만들고 꽃을 피우고
겨울나무를 수놓아 계절을 짓지만
시간을 재생할 수는 없어요
여자는 멈춘 시간 속에 살지요

여자가 묶어 놓은 매듭은 수백 수천
이불 속에는 풀어지지 않으려는 여자들이
자신의 발을 묶어두고
이쪽 무늬에서 저쪽 무늬로 실타래를 옮겨가지요
때로는 먼 길을 걷기도
서너 걸음 만에 돌아오기도 하지만
멈춘 시간마다 매듭짓는 걸 잊은 적은 없어요
솔기가 풀려 걸음이 가벼워지면
다시 돌아와 박음질하고 가는 여자

한 채의 이불을 지으려고
삼백예순날을 걷기만 하지요
늘 같은 보폭을 유지하며
밤과 낮을
밑단과 윗단을 이어내며
촘촘하게 저승과 이승을 오르내리는 여자

스스로 옭아맨 매듭에 걸려 넘어지는 날이 많아요
발 묶인 여자들만 이쪽 끝과 저쪽 끝을 잡고
터지지 않으려고 끊어지지 않으려고
팽팽한 인력을 유지하는 이불 속
여자는 돌아요

화이트퀼트*

– 퀼트하는 여자

나는 일곱 장의 꽃잎을 가졌다 장미
꽃잎에 드리운 그림자를 가졌고
갓 피어난 꽃잎과 이미 벌어진 꽃잎 사이
가깝지만 가깝지 않은 명암을 가졌다
그래서 내 이름은 장미
이슬이 고이는 안과
바람을 저어가는 밖
무명광목 위로 내 몸을 지나간 건 오로지
흰 바늘땀이지만
보아라 나의 이 황홀한 입체감을
금방이라도 피어 솟을 것 같은 탄력을
태양의 붉은 입맞춤으로 태어나지 못해도
첫사랑의 뜨거운 광합성 누린 바 없어도
일곱 번의 살을 찢고 칼집마다 과거를 봉인해
봉긋이 부풀어 오른
나는 일곱 장의 시들지 않는 꽃잎
나의 뒷장을 펼치지 마라
나를 지나간 건 오로지 흰 바늘땀
피의 색은 늘 뒷감에서 너덜하다

*화이트 퀼트: 흰색의 무명천에 흰색 실로 무늬의 라인을 꿰맨 후 뒷감을 잘라 솜을 넣은 후 다시 기우는 방식으로 입체감을 살릴 수 있는 퀼트의 기법이다. 정교함과 숙련된 수공 과정이 필요한 퀼트의 고급 과정.

HOUSE*
– 퀼트하는 여자

집을 지어요
사람들은 누구나 집 한 채 짓기 위해 이 세상에
자신을 박음질해 놓지요
남자는 공사장에서 철근을 박고 돌아왔어요
여자는 벌써 아홉 채의 집을 꿰맸어요
아기의 태동이 점점 빠르고
남자가 지은 집은 한쪽 벽이 무너져 내렸네요
아홉 채의 집을 한꺼번에 마름질하다
여자는 바늘에 찔려요
손에는 수많은 핏자국
아기는 아프지 않아요
아기도 집을 지어요
아랫배에 경련이 일어나요 아기가 집을 부수려나 봐요
마지막 공그르기를 마무리하지 못하고
여자는 바늘을 떨어뜨려요

바늘귀 속으로 웅크린 밤이 몰려들어요
별이 뿔처럼 빛나지요
한 채의 집을 안고
집이 집에게 젖을 물리는 밤

집 속에서 집을 짓던 사람들이

집에 갇혀 집을 이루지요

날이 밝으면 한쪽 실 끝을 묶어두고

사람들은 저마다 집을 지으러 집을 나서요

*HOUSE: 퀼트에 자주 쓰이는 패치워크 기법 중 하나.

마마 벽걸이*

　－퀼트하는 여자

　여자는 아홉 명의 여자와 함께 살아요 아홉 명의 여자는 일을 하고 있어요 빨래 너는 여자 옷은 바람에 날리고 여자는 다시 빨래를 해요 다림질하는 여자 다리미 전원이 들어오지 않아요 아무리 다려도 주름이 펴지지 않아요

　청소하는 여자
　청소기가 요란스럽게 진동을 울리는데 먼지가 없어요 집 안 가득 진공이에요
　걸레질하는 여자
　설거지하는 여자
　화분에 물을 주는 여자
　책 읽는 여자 책 속에 글씨가 없는데 책을 읽는 여자

　뜨개질하는 여자 매일매일 뜨개질을 해도 실은 줄지 않아요 거울을 보는 여자 온종일 거울만 보는데 거울 속에는 여자가 없어요 얼굴을 잃어버린 여자 눈을 잃어버려 잠을 잘 수 없는 여자 불이 켜지네요 누가 들어오나 봐요 늘 깜깜해져야 들어오는 여자 아침을 맞을 수 없는 여자

　여자는 아홉 명의 여자와 함께 살아요 아홉 명의 여자는 늘

일을 하고 있어요

*마마 벽걸이: 주부의 일상적 일하는 모습을 단순 형상화하여 아플리케 하는 기
법으로 만들어 벽걸이나 이불에 쓰임.

선보닛*

-퀼트하는 여자

얼굴 없는 소녀가 꽃을 심네

얼굴 없는 소년이 물을 주네

모자를 눌러 쓰고 반쯤 돌아서서 꽃을 심는 소녀와

모자를 눌러 쓰고 뒤돌아서서 물을 주는 소년

소녀의 넓은 치맛자락이 바람에 날리고

손가락 없는 소녀의 하얀 손이

꽃에 닿아서

꽃을 심는 소녀의 모습이

꽃을 심는 소녀의 마음이

꽃을 심는 소녀의 미소까지

환하게 그려지는 봄날

누구도 소녀와 소년의 얼굴을 본 적 없네

누구도 소녀와 소년의 얼굴이 없다는 것을 알지 못하네

모자의 챙은 언제나 완벽하게 넓어

소녀와 소년이 뒤돌아선 채로 한 생을 살도록

허락해주네

단 한 번도 앞을 본 적 없는 소녀와

단 한 번도 앞으로 돌아선 적 없는 소년이

꽃을 심고 물을 주고 풍선을 날리네

빨래를 널고 수레를 끄네

*썬보넷(sun bonnet): 퀼트에서 흔하게 쓰이는 패턴으로 여자와 남자의 형상을 단순화시켜 놓은 모습으로 특히 모자를 쓰고 있는 모양의 통칭이다.

가방

-퀼트하는 여자

풍경은 늘 어깨너머에 펼쳐져 있습니다
여밈이 자주 고장 났고
가득 채운 것이 모두 버려야 할 것임을 알았을 땐
내 안엔 온통 당신
이미 당신 신분으로 가득 차 있습니다
당신의 무게로 떨어진 손잡이를 다시 기웁니다
잡고 있는 건 이 얇은 실오라기
아직 매듭을 짓지 못한 한 줄입니다

바늘

-퀼트하는 여자

아파요 어머니
사랑한 사람들은 모두 스쳐 가고
그 감촉을 기억하는
발끝이 아파요
그의 목을 찌르고 나와
아직도 그를 엮고 있는 혼적

더는 나를 밀지 말아요 어머니

솔기를 트고 그가 날아오르려 해요
그의 몸 어디쯤 박혀 있어도
이제는 나를 찾지 못하는
눈먼 어머니

로그캐빈*
-퀼트하는 여자

길을 잃으면 안 되나요 당신 방으로 가는 길은 너무 어지러워
요 오늘만 벌써 스무 단째 통나무 단을 쌓아 올렸는데 나는 쳇
바퀴 돌 듯 같은 길만 돌고 있어요 어디에서 길을 잃어도 여기는
당신의 집

걸음을 멈추면 안 되나요 이 길은 모두 너무 똑같고 반복적이
잖아요 또 얼마나 같은 길을 걸어야 당신에게 갈 수 있나요 당
신에게 도착하면 이 길은 끝이 나나요 나무 위에 집을 짓다니요
나는 새가 아닌 걸요 낙엽 밟는 소리 공중에 부양된 이 집으로
오는 사람은 누군가요 두 발을 모으고 새처럼 날 수 있다 해도
여기는 당신의 집

성냥을 주세요 오래전 진 잎들은 세상으로 나가 눈물이 되었
고 오래전 쳐낸 가지들은 깃털처럼 가볍게 미래로 흘러갔어요 당
신과 나만 토막 난 몸뚱이로 남아 영원한 오늘에 묶여 있잖아요
이제 이 통나무집도 과거로 돌아가야 할 시간 불을 붙여도 여
기는 당신의 집 마음은 밖으로 날리고 재가 되어도 나는 당신의
집 불타고 있어도 당신도 당신의 집

*로그캐빈(통나무집): 퀼트에 쓰이는 패턴으로 통나무를 쌓아가는 형상. 직사각형의 긴 조각천을 원을 돌리듯 계속 돌려가며 이어 붙이는 방법으로 카펫이나 벽장식을 만든다.

수국꽃을 놓으며

-퀼트하는 여자

수국꽃 지고 부서진 지 한참
흰 무명 빈 들녘에 수국꽃 한 송이 피웁니다
당신 떠나실 때
함께 꺾이던 꽃송이를 보내지 못하고
얇은 실오라기로 붙들고 있는 나는
꽃이 완성되기 전
당신이 돌아오리라 행여
기다리는 것일까요

한 달 또 보름
무명 들판에 수국꽃이 만발합니다
설령 이 꽃이 진다 하여도 올 수 없는 인연인 줄 알면서
오늘도 마지막 매듭을 짓지 못하고 있습니다
끝을 보지 못한 그날처럼

조끼

－퀼트하는 여자

엄마는 등이 춥다고 내 팔을 잘라 갔어요
밭을 갈아야 하는데
씨를 뿌려야 하는데
열매를 따야 하는데
가슴이 시리다고
배가 차다고
겨드랑이와 어깨선에서
제 팔을 싹둑 잘라 버리고
불쑥 엄마의 팔을 넣어 버렸어요
다 자라지도 않은 내 팔은 가위 날에 잘려
실밥 풀어진 채로 울고 있는데
엄마는 내 몸속에 양쪽 팔 두 개만 넣고
밭을 갈아요
씨를 뿌려요
열매를 따요

지하철을 뜨는 노파

-퀼트하는 여자

노파는 검지손가락에 감은
지하철을 한 량씩 끌어다 바늘에 감는다
야문 솜씨로 한 줄에 꿰이는 사람들
정차한 열차 문으로 혼령들이 날아간다
영혼을 팔러 가는 육신의 마지막 안식처
바코드를 폐부 깊숙이 새긴 소음들이
죽은 몸을 가로질러 지상의 지름길을 찾아 나선다
두 개의 레일이 머리를 조아리며
한 올 한 올 어둠을 뜨개질하는 동안
저승 옷 한 벌 입기 위해
한 줄에 엮이는 실타래인지 몰라 삶이란
교차된 바늘이 빠져나가면 서로에게
목을 건 채 사슬뜨기 된 사람들 속으로
정오를 더듬거리는 찬송가 소리 곡소리

동작역
햇살은 오전 한강을 오후로 뒤집고 있다 노파의 등
환하다 거처를 잃은 한 무리의 호국 영령들이
4열 종대로 오른 열차를 팽팽하게 잡아당기며 이번엔
꽈배기뜨기다 어둠 속으로 하강하던 지하철이 덜컹

흔들린다 다리에 허리가 허리에 목이 걸리며 죽은
자와 산 자가 비틀어진다 털실은 이수역에 정차
중이다 7호선과 4호선을 이어
묶는 재빠른 손
놀림

제5부

세월

당신은 늘 생면부지 얼굴로 오지요
한 번도 나눠 보지 못한 포옹
악수를 마치기 전 저만치 가지요
허둥지둥 매달리는 나를
차가운 얼굴로 돌아서는 당신
단 한 번도 나를 데리고 가거나
함께 가자 밀어 속삭인 적 없는데
어느새 나는 여기까지 당신을 따라왔습니다
순간순간 멀고 숨이 찬 여행
때로는 초 단위로
때로는 주 단위로
촘촘히 당신을 헤아렸건만
여전히 당신은 알 수 없습니다
조금 익숙해지면 훌쩍 뒤돌아서고
낯선 새 얼굴들만 규칙적으로 찾아오네요
새해에는
어떤 얼굴 당신이 기다릴까요
나는 어떤 얼굴로 당신을 대면하게 될까요
못다 이룬 악수 마칠 수 있을까요

공원에서

풍경은 지워지거나 사라지지 않았다
자본은 시간과 정성보다 견고한 법
친절함이 넘치는 길은
걷기도 전에 쉴 곳을 제공했고
꽃들은 사시사철 다른 색 옷을 입고
시들지 않았다
형형색색 피어 있는 사람들
속도에 맞춰 길은 흐르거나 멈추었다
자전거는 자전거 길을 단정 지었고
유모차는 모든 공간에 흩어져
길을 이어가거나 길을 끊어 놓았다
유모차를 미는 다정한 젊은 남녀
유모차를 앞세우는 어르신들
유모차를 안고 있는 젊지 않은 사람들
그들의 아기들이 쐬기에 적당한 햇살과 바람
눈높이에서 아른거리는 바람개비
모든 것을 갖추고도
연신 유모차 속 표정을 살피며
사랑의 속도를 높이는 사람들
그럼에도 만족스럽지 않다는 듯

컹컹 짖어대는 유모차 속

아직 실망하기는 이르다며
간혹 보이는 진짜 아기들은
가방에 목줄을 차고
따라오는 주인의 리드 줄에 묶여
아장아장 자기 영역을 탐색 중이다

퇴근하는 마스크

지하철을 타고 집으로 간다
마스크를 습기로 채우며 내리는 비
정차한 역마다 새로 끼어든 사람들에게는
갑자기 내린 비를 맨몸으로 맞은 흔적
젖은 마스크는 자꾸 흘러내린다
그 풍경을 끌고 3호선 열차를 4호선으로 갈아탄다

밤늦은 시간에도 좌석은 없다
도시의 허기를 긋거나 채우거나 휘젓다가
돌아와 앉은 사람들
팬데믹 상황에도
도시는 이 많은 사람의 시간을 무엇으로 잡았던 것일까
사람들 어깨로는 7월의 후텁지근한 열기
생면부지 사람들과 몸 비비고 살 비빈다
타인과 타인을 이동하며 숙주를 노리는 병원체
간신히 마스크에 갇혀 한숨은 막혀 있다

어둠 속에서 나뭇잎들이 빛난다
풀들은 저 나름의 생존을 비에 눕힌다
어두워서 더 생생한 마스크의 이동

비가 채운 공중과 가득찬 비의 틈을
마스크는 걸어간다

하현달

천천히 걷는 사람의 뒤를 따라가 보라
코스모스 흐드러진 길 위에 나는 누웠다
한 발자국의 무게를 가늠하기 위해
많은 길을 걸어왔다
어둠의 치맛자락 속으로
서둘러 길들이 지워질 때

무수한 길을 이어 놓은
저 한 발자국의 무게

목장갑 속 겨울

죽은 줄만 알았던 나무에 꽃 핀 걸 본 적 있다
죽음이 오히려 아름다운 고목
뻣뻣한 손은 자전거 핸들을 잡고 움직이지 않는다
빙판은 두들겨 맞은 것처럼 울퉁불퉁하다
좌우로 피해가기를 거부하고 노인은 직진을 택한다
길 속에 얼어붙은 나뭇잎 얼어붙은 도시
거대한 화석의 단층을 튕기듯 튕기듯
미끄러지는 자전거
페달이 멈춘 곳에서 노인은 박스를 줍는다
구겨진 신문지
바람에 찢겨 날아가는 전단지
빠른 발놀림으로 쫓아가도 바람의 속도를 따라잡지 못해
나뭇잎처럼 노인이 빙판에 널브러지고

무릎을 세우고 허리를 짚어도
몸을 일으키지는 못해
그대로 화석의 일부가 된 노인의
마지막 안간힘
껍질처럼 싸고 있던 장갑이 벗겨진다
순간
꽃 같은 그것

30 1일

시간이 조금 남았네요
한 달 내내 나는 규칙적으로 외로웠고
시간을 정해 놓고 절망했지요
덕분에 효율적으로 하루를 허비할 수 있었고
계획적으로 슬픔을 분산시키느라 눈이 따가웠어요
울 수 없었던 건 안구건조증이라는 새 친구 덕분이지만
울고 싶어서 눈이 따가운지 울 수 없어서 눈이 따가운지는 모
르지요
열심히 시간을 쪼개기는 했어요 그래도 한 달은 30일 아니 31일
하루쯤은 그저
누군가 시간이 부족한 사람에게 기부한다거나
혹은 저축을 해서 이자를 불린다거나
불우 이웃 성금으로 낸다거나
그러면 안 되나요
너무 야박해 당신
좀 만만해지면 안 되나요 하루쯤은
또 하루를 들고 갑니다
이왕이면 당신 아닌 일에 쓰려고요

단맛

탁, 사과의 인중을 끊어 기절시키고 끊어지지 않게 껍질을 깎
는다

이 순간 울지 않으면 무슨 맛이 있겠는가
껍질 속에서의 긴장을 견디지 못하고
미리 상처를 내거나 미리 눈물을 쏟아 버렸다면
사과는 몸이 커다란 눈이어서
온몸으로 울고
삼킨 울음으로 제맛을 낸다

사가네 왕만두

모락모락 왕만두
안 사가면 안 돼요 뜨끈뜨끈 김치만두
오색 깃발이 내걸리고
풍선 허수아비가 춤을 추네
고슬고슬 고기만두

만두피처럼 하얀 맨살
모락모락 엉덩이를 흔들어
출렁출렁 검은 머리칼은 나부끼고
오가는 시선을 모두
배꼽에 붙들어 놓는 역 주변

렛츠고 배꼽은 춤을 추네
렛츠고 만두는 익어가고
렛츠고 렛츠고 수증기는 배경 음악

해가 지는 영하의 날씨
칼바람 몰리는 골목길
완전폐업, 신장개업
신장개업, 완전폐업

여민 주머니

움츠린 어깨들도 들썩들썩

사서 가는 이는 없어도 사가네 왕만두

벽제 날개 대여점

모퉁이를 돌면 그곳에
정지된 시간을 빌려 드리는 가게가 있어요
트럭에 실린 김장 배추처럼 날개가 수북이 쌓여 있지요
아무거나 하나를 달고 가면 되는 거예요
날개는 모두 지치고 낡아 보이지만
상처란 쉽게 아물지 않을수록 좋은 이력이지요
새 신부와 뱃속 아기를 남기고 날개를 빌려 간 후배도
강물에 퍼지는 뼛가루보다 가벼운 찰나를 날고 있을 거예요
태양은 뜨겁지만 날개는 녹지 않아요
이곳의 날개는 경험이 많아 신을 향하지 않거든요
정거장에 닿으면 곪은 깃털을 수선할 수도 있을 거예요
그때 지불하는 몇 올의 깃털을 움켜쥐고
저기 검은 옷의 사람들이 울부짖네요

자, 이제 날아보세요
공중이 기립 박수를 치고 바람 융단이 펼쳐지네요
햇살은 가지가지 촛불을 켜고
비는 신기루 위에 축포를 쏘아 올리지요
별들이 일제히 내장을 터뜨리는 순간 속의 미래
한 번도 보지 못한 세계가 이다지도 그립다니요

잊지 마세요

더는 흘릴 눈물이 없고 뼛속 깊이 삶이 곯아

골다공증이 심한 날개일수록 가볍다는 거

풍風

세계의 중심을 잃고 사내는 풀을 벤다. 보름이 지나면 다시 달이 차오르겠지만 사내의 낫질에는 내일이 없다. 꽃핀 참싸리와 환삼덩굴 이질풀이 새콩덩굴 달개비와 섞여 쓰러지고 뭉개진다. 풀이 풀끼리 한 덩어리로 뭉쳐 버려지는 동안 피를 흘리는 것은 군락을 이룬 여뀌뿐 풀은 저항이 없다.

코스모스는 더 새침하게 흔들린다. 용케도 코스모스만 남기고 다른 풀을 모두 베어 버린 건 저 사내만이 알고 있는 어떤 기억이 있기 때문일 것이다. 주지 스님은 연신 김씨를 부르며, 절 어귀의 너럭터를 다 베고 약수터와 석불을 모신 연등 마당, 암자로 오르는 길 양쪽도 벌초해야 한다고 성화다. 질질 끌리는 다리와 비틀어진 입, 간신히 새어 나온 바...ㅂ, 밥이라는 말이 때를 넘기는 한낮.

달포 후면 한가위지만 김씨를 찾는 사람은 없다. 그때 차라리 명을 달리했더라면 바...ㅂ, 밥 대신 젯술 몇 잔은 받을 수 있었을까? 추석 단장에 일없이 베어진 쑥부쟁이며 비수리 매듭풀은 금방 또 이 터를 메울 것이다. 미처 씨를 맺지 못한 망초꽃이 베인 자리에서 다시 피어난다.

중심을 잃은 몸, 기울어진 산비탈, 잡풀을 베고 있는 김씨.

야마카시*

당신을 밟을 수는 있어요
안을 수도 있고 뛰어넘을 수도 있고
당신 허리를 감싸고 줄을 넘을 수도
눈썹을 발판 삼아 공중 3회전을 할 수도 있어요
기댈 수도 누워 잠을 잘 수도 등질 수도
걸을 수도 뛸 수도 있어요
까치발을 들고 발레리나처럼 춤을 출 수도 있고
공을 찰 수도 거미가 되어
당신의 곳곳을 더듬을 수도 있어요
나는 당신이라는 놀이터에서 자라는 빌딩 키드
오늘은 드디어 당신 머리 위에서 뛰어내려 두 바퀴를 돌고
허리를 턴하여 이마 위에 착지하는 기술을 터득했지요
눈과 입 놀라는 감각기관마다
입맞춤하듯 발을 딛고 날아오르지만
정작
당신의 안쪽으로는 한 번도 들어가 본 적이 없군요. 이런,

*야마카시: 프랑스의 뒷골목에서 음성적으로 퍼져 세계로 알려진 변종 익스트림
 스포츠로 고공 점핑, 빌딩 클라이밍, 로프 타기 등 고난도의 스턴트 기술을 필
 요로 하는 게임.

드럼드럼

남자는 럼주를 마시며 드럼을 치네
드럼에는 두 가지 소리가 있다고 했지
둥글게 몸을 말고 있던 어스름녘 당신
하이톤으로 튀는 발톱과 모노톤으로 튀는 발톱을
쓸어 모으며
내 몸에서 떨어져 나가는 것들의 무덤,덤에도
소리가 난다고 했던가
그래서 추억이란 마음에 담긴 사진이 아니라
귓속에 걸어둔 리듬이라고
설거지 마치기 전 그릇에도
지리멸렬한 소리가 있어
열정을 치고받는 울림이 지금은 너무 시끄럽네
늙은 드러머는 드럼채를 높이 올리지 않네
대신 럼주 병을 깊이 비우지
폭발과 응집으로만 울리는 소리를
우리 사랑했었나
드럼드럼 미사리
변방에서 또 변방으로 밀려난 술잔들의 드럼드럼
시간에도 두 가지 얼굴이 있지
폭발하는 시간과 다스려야 할 시간

그 어느 것도 새로울 게 없다는 걸 우리가 알 듯
쨍그랑 드럼드럼 또 한 해가 가네
절망을 핑계 삼기엔 이만한 세월도 없지
그럼그럼

겨울 중랑천

새에게 다가가는 길은 새삼
한 마리 포식자처럼 나를 생생하게 만든다
영하 십 도 칼바람이 몰아치는 천변
한 발로 서서 일광욕을 즐기는 왜가리와
잠맥질 중간에도 제 짝의 위치를 확인하는 청둥오리
쉬지 않고 날개를 퍼덕이며
깃털 사이사이 언 햇살을 넣는 고방오리 쇠오리
각자의 길이 정해진 것을 새들은 아는 것일까
동부간선도로는 지체와 서행을 반복하고
몇몇 자전거족이 물결 방향으로 세차게 흐르는 한때도
유유히 물을 거슬러 오르는 새떼
한 치의 접근도 허용하지 않는 평화 속으로
자동차 소리 물소리 새 울음소리
소리는 서로 뒤엉켜 섞이는데

멀리 자전거를 세워 두고 갈대밭에 살그머니 들어서
겨울 물새의 시린 발을 본다
뒤로 걷는 한 무리의 사람들이 지나가고
몇 쌍 기러기는 날아오르고
또다시 자전거족은 달리고

제아무리 뒤로 걸어도 가야 할 방향까지 바꿀 수는 없듯

누구도 정해진 길 밖으로는 벗어나지 않는 강가

새는 공기의 흔들림으로 침입자를 느낀다

이렇게 강렬한 기척이 내게 있었던가

후드득 퍼드득 일제히 새가 날아오른다

정치 2022

꽃들이 풀들이 나무들이

자신의 가지 하나씩 내어
차려놓은 밥상

하늘님 땅님 드시고
날개 다친 새들 먹고
어미 잃은 들짐승 먹으라고

오늘도 한 가지씩 꺾어 모아

꽃들이 풀들이 나무들이
밥상을 차려놓는데

정원 지기들은
서로 자기 밥상이라 싸우네

가지를 분지르고
꽃을 꺾고
풀을 밟으며

피지도 못한 꽃
거리에서 압사당하고
슬픔을 거두기도 전

자기들 밥상이라고
자기들 밥그릇이라고

자일리톨 껌

1.

껌팔이 여인이 지나간 자리에는
사람들이 저마다 한 개피 껌이 되었다
윗니와 아랫니 사이에서 찌부러지기도 하고
늘어났다 오므라들며
화상으로 한 몸을 뭉쳤다 펴 놓은
여인의 사지처럼
지하철은 시종일관 기우뚱거렸다

이쪽 편의 사람과 저쪽 편의 사람을
지그재그 붙였다 떨어뜨리며
긴 긴 입속 통로를 걸어가는 여인의
한쪽만 깊은 발자국이 사라질 때까지
씹어야 산다는 듯
사람들은 껌을 씹는다

2.

입 속에는 아사로 죽어가는 충치균이 있다
배를 채우자고 먹은 것이 가짜인 줄 모르고
일생을 가짜를 먹기 위해 바치며
다른 놈의 몫을 빼앗아 먹기까지 하는 충치균들
더 많이 먹을수록 더 많이 배가 고픈 균들
그 위험한 폭식으로 일생을 허기에 바치는 균들
그것도 모자라 숙주 밖으로 마구마구 튀어나오는 균들

핸드폰을 종교처럼 쥔 놈
가방을 움켜잡고 조는 놈
천국을 울부짖는 놈
문이 열리고 몇몇 충치가 뽑히고
의치가 심어지는 순간에도
잽싸게 하루의 밥벌이를 위해
숙주를 갈아타는 놈

시인

우리들은 가난하게 살았다
쉽게 허기지는 마음에는
몇 잔 소주와 담배 연기 혹은
최루가스를 채우기가 급했다
간혹 여유가 있는 날에는
몇 군데 책방을 뒤지고야
겨우 시집 한 권을 샀다
밤새도록 읽은 시집을 동트기 전 다시 읽고
밝아 오는 아침과
깊어 가는 고민을
책머리에 몇 자 적어 놓으면
떠오르는 얼굴들이 많았다
선뜻 한 사람 이름을 적을 수 없어도
줄 수 있다는 것은 두 배의 가치
서툰 셈이 빨랐다
대학 시절
어쩌다 얻은 다른 동아리의 글 모음집과
인쇄소에 맡겨 놓고 찾지 못한
문집 파지들이
빈 책꽂이를 채웠다

이렇다 할 시인의
번듯한 시집 한 권이 없었으나
서랍 속이나 책꽂이 한 모퉁이
남음이 있는 자리마다
시인이 되고 싶었다

인터뷰

사랑 찾기 혹은 시의 길 찾기

○마치 습관처럼 시적 자아의 기다림이 엿보인다. 무엇을 기다리는 것인가?

저의 기다림은 기대감이나 희망보다는 지나간 것들에 대한 회상, 혹은 그리움 같습니다. 지난 시절 흘러간 인연이나 기회는 스스로 단절한 것들이 많았습니다. 그에 대한 미련과 후회가 기다림으로 나타난 것 같습니다. 가족이라는 울타리 또 저의 왜곡된 기준이 매번 더 뻗고자 하는 저의 가지를 자르고, 넓어지는 인연을 차단했던 것 같습니다. 그렇게 하지 않아도 된다는 것을 저는 너무 늦게 알았습니다. 그래서 저의 기다림은 그 시절에 보내는 타전 같은 것인지도 모르겠습니다. 그 시절 나로 인해 가장 많이 상처받았을 나 자신과, 그런 나로 인해 떠났을 인연에 보내는 위로와 속죄의 마음이 기다림으로 표현된 건 아닐까 생각합니다.

○시를 쓸 때 그리움에 기대는가? 아니면 외로움에 기대는가?

저의 경우는 그리움이 큽니다. 제가 가장 좋아하는 시구 "그립다/ 말을 할까/ 하니 그리워// 그냥 갈까/ 그래도/ 다시 더 한 번"은 그리움에 특정한 대상이 있다기보다 그저 화자의 선택 혹은 체화된, 그러니까 화자 자체가 그리움이 된 것이라 생각합니다. 저의 그리움도 그렇습니다. 저는 그리움을 매일 입는 옷처럼 혹은 여섯 번째 손가락처럼 몸에 지니고 있습니다. 어쩌면 그건 결핍이기도 하고 저 자체인 것도 같습니다. 태생적인 그리움, 그것이 시를 쓰게 하고, 끊임없이 저를 바라보게 합니다. 또 자연을 포함한 타인과의 관계를 연결시키기도 합니다. 더 젊었을 땐 결핍과 그리움이 고통스러웠습니다. 그러나 이제는 이 흠집 많은 결핍과 그리움이 다정한 친구가 되어 저를 외롭지 않게 합니다. 이 그리움이 오래도록 저와 함께하고 그래서 좀 더 아프고 낮은 자세로 생을 바라보길 바라고 있습니다.

○바람과 강/물과 바위가 돋보인다. 특별한 이유가 있는가?

바람과 강, 물, 바위는 자연입니다. 자연은 저에게 있어 인간사의 반대되는 개념입니다. 가족을 포함한 사람과의 관계에서 지치고 힘들 때 자연은 가장 포근하고 안락한 친구입니다. 저의 바닥부터 가장 높은 이상까지 모두 안아주고 다 괜찮다고 말해주는 친구. 그래서 저는 자연 안에서 마음껏 울고, 투정 부렸습니다. 바람이나 물은 저의 일탈과 날고 싶은 욕망의 대변일 테고, 바위는 더 든든히 삶에 뿌리내려 너그러워지고 싶은 저의 소망 아닐까 하네요.

 ○흰얼레지, 광릉요강꽃, 닻꽃, 복주머니란, 복사꽃, 노루귀, 금은화 등 그야말로 만화방창이다. 꽃이 시가 되었는가? 시가 꽃이 되었는가?

 시를 쓰기 위해서 꽃을 찾아다녔지요. 그러다 어느 순간 알게 되었습니다. '그 어떤 시도 꽃을 다 표현할 수는 없겠다. 꽃은 그 자체로 시고 시 이상이구나.' 꽃이라는 것이 아름답기만 하면 꽃이 아니겠지요. 자연에서 만나는 꽃은 가장 연약한 얼굴로 가장 치열한 전투를 벌이고 있었습니다. 당연하지요. 꽃은 얼굴인 동시에 번식이니까요. 생존이니까요. 식물은 자손을 퍼뜨리기 위한 최고의 전략과 전술을 대부분 꽃에 쏟아내고 투영합니다. 사람도 다르지 않다고 생각합니다. 육체적 사랑이든 정신적 사랑이든 사랑은 생존본능입니다. 그래서 처연한 꽃들의 피고 짐에서 사랑을 읽고, 사람을 보고, 그것들이 넘치면 조심스럽게 시를 쓰는 것 같습니다. 예전에는 꽃에 시적 이미지를 입히려 의도한 적도 있지만 요즘은 그저 꽃이 주는 이야기를 들어보려 노력하고 있습니다. 그러니까 시가 꽃이 되기보다 꽃 자체가 시가 되어 오기를 소망하고 있습니다.

 ○시인의 삶과 자연인(일상인)의 삶은 같은가? 다른가?
 저는 그렇게 다르지 않습니다. 시인들은 어떠한지 잘 모르겠지만 평소 저를 시인이라 생각하지 않습니다. 설령 시인이라 생각한다 해도 시인의 삶이 자연인의 삶보다 앞설 수는 없다고 생각합니다. 가족과 오래된 친구들을 빼고는 제가 시를 쓰는지 대부분 모르고 있습니다. 시집이 나오면 그들에게 시집을 보여야 할지도 가끔은 고민이 됩니다. 시인이 부끄러운 것은 결코 아니지만, 과장되거나 왜곡된 시인의 이미지는 부담됩니다. 시인도 시도 삶과 생활에서 나온다고 생각합니다. 평범한 삶에 주어지는 희로애락에 조금 더 예민한 감각을 가지고 포착한 순간을 그리는 것이 시인의 작업이고 시라고 생각하면 시인과 자연인의 삶은 같을 수밖에 없지 않을까요.

○이를테면 시에서 사랑을 찾을 것인가? 길을 찾을 것인가?

저는 제 시가 사랑을 노래하길 원합니다. 더 나아가서 제 시집이 연애 시집이길 바랍니다. 시란 기본적으로 사랑에 대한 찬미라 생각하기 때문입니다. 그러나 이 시집은 그렇게 쉽게 다가가는 노래가 되지 못했고, 연애 시집이라 할 수도 없습니다. 그래서 이제부터 제가 바라는 시의 길을 찾아가야 합니다. 좀 더 쉽고 소통이 되며 사람들의 보편적인 감성에 호소할 수 있는 시, 그런 시를 쓸 때까지 제 시는 사랑과 시의 길을 동시에 찾게 될 것 같습니다.

○이 시집의 시적 자아는 마치 사막을 걷는 자처럼 어딘가를 향해 걷고 또 걷는다. 그가 가는 곳은 어디인가? 그가 돌아오는 곳은 또 어디인가?

"머물지 말자 나부끼는 바람에 흔들리는 인연이라 한들 여기서 더는 머물지 말자". 아주 오래전 제가 쓴 시의 일부분인데, 어느 순간 저의 좌우명이 되었습니다. 저는 머물기를 거부하고 늘 새롭게 나아가기를 원했지만, 생활 속 저는 항상 머물고 안주하고 있습니다. 가정이라는 핑계를 대며 설령 떠날 기회가 주어져도 망설이고 금방 돌아가야 한다는 강한 압박감에 자신을 가두었던 것 같습니다. 그러나 제 욕망은 돌아오고 싶지 않을 때가 많았습니다. 마음의 정처는 언제나 길을 잃고 갈 곳도 올 곳도 모릅니다. 어쩌면 돌아올 수 없는 곳으로 영원히 떠나고 싶은 이탈의 욕망과 현실에서 벗어나 지금과는 다른 삶을 살고 싶은 열망이 걷고 있는 사람으로 그려진 건지도 모르겠습니다.

○바느질(퀼트)과 시는 어떤 연관이 있는가?

자연과 꽃이 외향적으로 뻗어 나가는 나라면 바느질은 더 안으로 더 내적인 곳으로 들어가는 나입니다. 그 안으로 들어가면 펼치지 못했던 욕망과 열정이 강렬하게 불타고 있는 저를 만나곤 합니다. 실패하고 초라한 나 자신이 자연(꽃)을 통해 위로받았다면, 바느질 속에는 편견과 울타리를 벗어나 외치고 항거하는 내가 있습니다. 그런 욕망과 외침이 퀼트 시를 통해 나타난 것 같습니다. 어머니와 그 선대로부터 물려받은 여성 차별적 모순과 여성의 짓눌려진 창의성과 우수성을 찾아보는 일. 여기에 나타난 여성성은 저보다는 제 어머니에 대한 회고에 더 가깝습니다. 많은 능력과 열정을 가졌지만 그런 능력이 있는 줄도 모르고 바느질과 식당일, 온갖 삯일로 자식 넷을 홀로 키워내신 어머니 삶에 대한 헌사와 비통함, 애절함,

또 그런 삶으로부터 벗어나고 싶은 부정과 연민까지 시로 나타난 것 같습니다. 바느질할 때 고단하고 지루한 노동의 연속성이 어머니의 모습과 겹치며 제 안의 욕망을 표출하는 것 같습니다. 그래서 퀼트 시는 좀 난해하지만, 처절하고 핍진함이 들어 있는 시라 생각됩니다.

○시인의 삶에서 퀼트(Quilt)는 과연 무엇인가?
퀼트는 저의 놀이면서 세상의 복잡한 번뇌로부터 저를 숨겨놓는 장치입니다. 바느질할 때는 걱정과 잡념이 사라집니다. 단순한 작업을 할 때일수록 몰입감이 높아지지요. 그러니까 퀼트는 세상 속 갖가지 욕심과 걱정 불안으로부터 보호막을 치고 나를 해체하는 공간이면서 삶의 소나기가 지나가기를 기다리는 시간이기도 합니다.

○"여자는 멈춘 시간 속에 살지요"(「누빔 이불」 중에서) 이 구절을 시인의 목소리로 직접 설명해줄 수 있는가?
퀼트하는 여자는 어머니의 삶인 동시에 저의 삶이기도 하고 딸의 삶까지 이어집니다. 멈춘 시간 속에 사는 여자는 그래서 어머니인 동시에 저입니다. 어머니는 어떤 물리적인 힘에 의해 시간을 멈춰놓고 노동과 희생으로 자식들을 건사하며 사셨지요. 가난, 여자라는 억압, 배우지 못한 무지함이, 그러나 저의 경우는 제가 씌워놓은 사회적 통념과 욕심에 갇혀 있었습니다. 나보다는 아이들과 가족이 먼저라는 생각, 나 자신의 발전보다는 남편의 성공을 더 우선하느라 펼치지 못했던 꿈, 내

딸에게 대물림하고 있는 삶의 잣대가 멈춘 시간 속에 사는 여자로 표현된 것 같습니다. 저의 문제이기도 하고 어쩌면 이 시대를 살고 있는 대다수 여성의 삶, 평범한 어머니와 딸의 삶이 아닐까 생각합니다.

○시의 길은 있는가? 없는가? 시인의 길은 있는가? 없는가? 요즘 가장 많이 고민하는 부분입니다. 저는 제 시가 잘 쓴 시보다는 좋은 시가 되기를 소망합니다. 제가 생각하는 좋은 시는 소통이 되는 시입니다. 누군가의 마음에 닿아 슬픔이든 기쁨이든 애증이든 감정의 파고가 일어나길 바랍니다. 이건 저뿐 아니라 모든 시인의 소망이겠지요. 또 그만큼 어려운 일입니다. 그래서 저는 시가 태어난 처음으로 돌아가고 싶습니다. 신에 대한 찬미든, 사랑에 대한 찬미든, 다시 노래로 돌아가야겠다는 생각. 리듬과 운율이 그래서 더 중요하고, 새로움, 창의성, 낯설게 하기보다는 설령 진부할지라도 친근하고 어렵지 않은 시, 무슨 얘기를 하고 있는지 전달이 되는 시를 쓰고 싶습니다. 한국시가 한동안 너무 난해한 쪽으로 흘러갔지요. 저도 물론 그 안에서 헤맸고 제 시에도 난해한 흔적이 많이 남아 있습니다. 이제는 그것들이 좀 쉬워지길 바랍니다. 옛날 시는 대중가요 가사가 되기도 하고 외우기도 쉬웠는데, 요즘 한국시는 그런 일이 좀 어렵지요. 신파가 되고 통속적이 되더라도 소비되고 소통하는 시가 어쩌면 더 좋은 시가 아닐까 생각하고 있습니다.

○시를 언제부터 썼는가? 또 쓰게 된 동기는?

중·고등학교 때부터 장난처럼 소설을 쓰기는 했지만, 시는 소설보다 더 어렵게 느껴졌습니다. 시를 동경하던 중 대학에서 문학동아리에 가입한 이후 시를 쓰게 되었습니다. 문학동아리지만 저를 포함 공대생들만 있던 곳이어서 시를 배울 기회는 없었습니다. 더욱이 그 시절 문학동아리는 글은 쓰지 않고 사회·정치에 더 관심을 기울일 때라 글을 쓰고 싶었던 저는 갈등이 많았습니다. 그러나 그때 접한 사실주의 문학은 시가 먼 곳에 걸린 신기루가 아니란 점, 주변에 일어나는 모든 소소한 것들이 시가 된다는 것을 알려주었습니다. 그 이후 친구 이야기, 내 안의 절망과 고민, 사소한 감정을 그저 혼자서 시로 썼던 것 같습니다. 여전히 시를 배울 곳도 함께 나눌 도반도 없던 시절이었습니다. 어쩌다 시 한 편 읽어주려 하면 문학회 친구들조차 도망가곤 했으니까요. 그렇게 지리산 종주의 경험을 『산행 일기』로 쓰고 상도 받고 작은 시집도 내면서 본격적으로 시를 고민했던 것 같습니다. 본격적으로 시를 고민하게 되자 오히려 시가 무겁고 거칠고 거대하게 다가왔습니다. 그 중압감이 두려워 오랜 세월 도망치기도 했던 것 같습니다.

○시 동인이나 시우를 소개할 수 있으면?

저에게는 〈시뿌리〉라고 회원 수도 손가락 안에 드는 아주 작고 소박한 동인이 하나 있습니다. 시보다 먼저 삶을 공유하고 서로 의지하며 버팀목이 되어 주는, 시 동인이 아닌 삶의 동인이라는 편이 맞을지도 모르는 20년지기 동인입니다. 〈예서의시)를 소개해주고 제가 포기하지 않고 시집을 낼 수 있도록 이끌어준 박천순 시인(『나무에 손바닥을 대본다』)도 시뿌리 동인입니다. 윤순영 시인과 한숙향 시인은 시는 물론 삶의 모든 것에서 저의 멘토가 되고 있지요. 최근 목포 작가회의 회장이 된 류경 시인과 동시 쓰는 김금래 시인, 바다 같은 마음으로 사람을 품는 김명희 시인. 작지만 이 동인이 큰 이유는 삶도 시 이상 아름답기 때문입니다. 그들의 아름다운 삶은 〈한국기행〉에 여러 번 나오기도 했습니다. 사사로움에 흔들리지 않는 너그러움을 이들에게 배웠고, 자와 타의 경계 없이 작고 초라한 것을 보듬는 이들의 삶은 저의 바탕이 되곤 합니다. 다시 한번 우리 동인들께 고맙고 존경한다고 전하고 싶습니다.

○시를 쓰는 시간이 따로 있는가?

따로 있지 않습니다. 저는 대부분 첫 행을 쓰면 끝 행까지 한 번에 시를 완성하는 편이라 매일 쓴다든지 규칙적으로 쓰지는 못합니다. 그저 생각나거나 영감을 얻었다면 시간과 장소를 가리지 않고 쓰는 편입니다. 때로는 하루에 몇 편씩, 때로는 몇 년 동안 한 편도 쓰지 못할 때도 있습니다.

○오래 전부터 읽어온 국내 시인의 계보가 있다면?

계보랄 것까진 없지만 사실주의 문학을 주로 읽었습니다. 1930년대의 한국문학은 장르를 불문하고 저에게 가장 큰 영감을 주었고, 정지용, 김수영, 김지하, 신동엽을 필두로 도종환, 김용택의 시는 늘 제 가슴을 따뜻하게 했지요. 요즘 다시 읽어

보는 도종환 시인의 시와 박노해의 걷는 독서는 저에게 새로 운 방향을 알려주고 있습니다.

○시인으로서의 일상이 궁금하다.

2년 전 거의 토박이로 살던 서울 중계동의 생활을 청산하고 양평의 좀 깊숙한 산골로 이사를 했습니다. 제 꿈이기도 했고, 자연을 좋아하는 탓에 무척 만족하는 하루하루를 살고 있습니다. 지금은 겨울이라 바느질을 하거나 개를 데리고 산책하며 소일하지만, 봄이 되면 갖가지의 화초와 푸성귀를 파종하고 키우게 될 것 같습니다. 작은 꽃밭과 텃밭이지만 시골에서의 삶이 내가 움직일수록 일거리가 생긴다는 걸 경험했고, 그 무엇도 꼭 해야 하는 일은 없지만 일이 없을 때도 없어서 매우 여유롭지만 바쁜 나날을 보내게 될 것 같습니다. 결핍과 모순, 그리움이 시를 쓰게 하는 힘인데, 그 핍진함이 자연 속에서는 모두 괜찮고 감사한 일이 되어서 이제 무엇으로 시를 써야 하나 그 걱정은 좀 남습니다.

○예컨대 '인생 시집' 같은 게 있는가?

허수경의 『혼자 가는 먼 집』. 1994년에 이 시집을 만났는데, 가히 충격적이었습니다. 제가 알던 사실주의 문학을 단박에 뒤엎으며 알 듯 모를 듯 이어지는 노래들이 탁하고 슬퍼서 한동안 헤어나오지 못했던 기억이 있습니다. 사랑과 집착, 이별, 그 언저리에서 뿜어지는 고통과 절망을 절절히 끓어낸 뜨거운 노래, 절창이라 생각합니다. 이 시집에 있는 시는 다 좋지만,

불취불귀(不醉不歸)는 특히 가락이 살아있고, 이런 시는 무의식이 아니면 쓸 수 없는 시라 생각됩니다. 깊은 내면 속 끓던 화산이 폭발하여 용암처럼 넘쳐나는 아니마와 아니무스의 피끓는 절규를 이 시집에서 만나곤 합니다.

○시 쓰기는 슬픔인가? 기쁨인가?

시 쓰기는 슬픔이지요. 언제나. 슬프지 않으면 시를 쓸 이유가 없다고 생각했고, 시를 쓰며 더 슬퍼지고 고통스러웠지요. 세상을 해석하는 방향 자체가 저는 슬픔 쪽인 듯합니다. 그러나 요즘 시골에 살면서 마음이 많이 바뀐 것 같습니다. 간혹 기쁨을 시로 쓰기도 하니 나이 때문인지 환경의 변화 때문인지 신기할 때가 있습니다. 그러나 여전히 좋은 시 한 편 완성했다고 생각할 때조차 기쁨보다는 슬픔이 올 때가 많습니다.

○이번 시집에서 혼자 조용히 낭독하고 싶은 시 1편을 꼽는다면?

딸에게 들려주듯 쓴 시 「바람 소리」를 읽다 보면 모든 번잡함을 내려놓고 고요해지곤 합니다. 특히 울고 싶을 때 이 시를 읽으면 다 괜찮다고 나만 그런 게 아니라고, 저녁이 오는 풍경에 잠깐 귀 기울이며 마음이 가라앉곤 했습니다. 욕심을 내려놓고 순리대로 살아야 한다는 할머니의 말씀이 시가 된 「꽃살(煞)」도 혼자 자주 읽는 시입니다.

○시의 독자는 소멸하고 있다. 시인의 생각은?

시를 사랑하는 사람으로 시가 소멸하고 있다는 위기감은 지구의 환경이 파괴되고 있는 것만큼이나 안타깝게 다가옵니다. 왜 그럴까를 여러모로 생각하다 요즘 든 생각은 시에도 평등함이 있으면 좋지 않을까 합니다.

요즘 농촌 지역은 폐교를 막기 위하여 동네 어르신들을 입학시킨다고 합니다. 어르신들이 한글을 깨치면 제일 먼저 시를 쓰지요. 삐뚤거리는 글씨체로 쓰신 시는 절대 어설프지 않습니다. 오히려 선명하게 다가오고 감동을 일으키곤 합니다. 몇 개의 단어로, 보이는 대로 알고 있는 대로 시를 쓰는데 눈물이 납니다. 시란 이렇게 한글만 알면 누구나 쓸 수 있는 가장 쉽고 가장 낮은 곳에 있는 예술입니다. 그런데 그 위로 올라가면 좀 다르지요. 나는 나만의 시 세계를 가지고 있다는 어쩌면 특권의식이 있을지도 모릅니다. 그래서 어느 순간 시란 시를 쓰는 몇몇 사람들만의 리그가 되었다는 생각이 듭니다. 요즘 열풍이 된 트로트는 가사만 다를 뿐 노래의 음과 곡은 거의 비슷합니다. 우리는 익숙함과 친근함에서 위로받고 감동하지요. 시도 당연히 예술이기에 그것도 가장 낮은 곳부터 가장 높은 곳까지 어우르는 선구적인 예술 장르이기에 새로움과 창의성, 독창성을 우선으로 하는 것은 너무나 당연합니다. 그러나 지금까지 그쪽으로 너무 승했다면 이제는 좀 더 대중적이면 좋겠다 생각합니다. 설령 낡았다는 소리를 들을지라도 좀 쉽고 낮아지면 어떨까 생각합니다. 옛날 시조는 형식이 정해져 있었지요. 그 형식에 맞춰 주거니 받거니 놀이가 되었습니다. 제 1의 소통 수단이 된 카톡에서 누구나 인용해서 쓸 수 있는 쉽고 만만한 시, 해석과 해설이 필요치 않은 시, 누구나 이런 시를 쓰고 발표하고 공유할 수 있는 문턱이 낮은 등단의 장. 혹시 이런 것이 시의 평등함이 될까요? 변방 중에도 변방에서 시를 쓰는 사람이 감히 할 말이 아님을 알면서 생각해봅니다. 시의 자리는 어디일까?

○시를 쓰게 하는 힘이 무엇이라고 생각하는가?

저의 경우는 그리움입니다. 지나간 것들에 대한, 스친 인연에 대한, 경험했거나 경험하지 못했던 자연과 존재에 대한 연민과 그리움이 시를 쓰게 합니다. 어제 핀 꽃이 오늘 다시 그립고, 어제 하지 못했던 말 한마디가, 촘촘히 쪼개지는 시간 속에서 틈틈이 감사하지 못했던 날들이 그립습니다. 때론 전혀 가보지 못한 세계, 다가올 내일의 어떤 시점이나 다가올 어떤 현상을 상상하며 미리 그리워할 때도 있습니다. 앞서도 언급했지만 태생적인 결핍과 그리움이 저에겐 습관처럼 배어 있습니다. 그것이 때로 고통스럽기는 해도 시의 자양분이 되는 것 같습니다.

○이번 시집을 출간하면 꼭 하고 싶은 일이 있는가?

오래된 친구, 선후배를 만나 시집을 전하고 싶습니다. 많은 망설임 끝에 시집을 내기로 마음먹은 가장 큰 힘은 안부를 묻고 싶은 사람들과 제 시집을 기다린 친구들이 있기 때문입니다. 아이들 키우며 이 사회의 경쟁과 욕망에서 살아내느라 바쁜 벗들과 늘 가슴에 남아 있는 인연을 시집을 핑계 삼아 만나고 싶습니다. 물론 이것조차 일방적인 마음이라 조심스럽긴 하지만 어쨌든 작은 이유 하나 손에 쥘 수 있어서 감사한 마음입니다.

○이 시집에는 해설이 없다. 이유와 이 시집에 남기고 싶은 말은?

시집을 묶는데 근 삼십 년 세월이 흘렀습니다. 한때는 시로부터 도망쳤고, 한때는 시를 찾아다녔지만 지난 인연이 그러했듯 시와도 때를 맞추지 못했습니다. 이제 와 시를 묶어보니 가지에 달린 시보다 꼭지 떨어진 시가 많습니다. 그런데도 부끄러운 시집을 묶는 이유는 지켜야 할 약속과 안부를 묻고 싶은 인연 때문입니다. 뜨거운 시절을 함께한 나의 오래된 벗들에게, 응원해주는 가족들에게, 가장 가까이에서 지지해주는 시뿌리 동인에게, 가장 먼 곳에서 나를 기억할 어떤 그대에게….

이 시집에는 해설이 없습니다. 시를 읽고 느낀 지금 그 마음보다 정확한 정답은 없다고 생각하기 때문입니다. 부족한 시지만 부디 어렵지 않게 읽히기를 소망합니다. 이 중 한 편이라도 소통이 된다면 그 영광, 더할 나위 없겠습니다.